martine
C'est la fête !

casterman

martine
fait du théâtre

martine
au cirque

martine
à la foire

martine
se déguise

martine
fête maman

martine
fait du théâtre

GILBERT DELAHAYE - MARCEL MARLIER

Dehors il fait froid. Le vent siffle dans les branches.

Les feuilles mortes s'envolent. Les parapluies se retournent.

Sur la route, un petit chien s'ennuie et les gens se dépêchent de rentrer à la maison.

Mais où sont Martine et ses petits camarades ?

Martine, Jean et leurs amis sont allés se mettre à l'abri
dans le grenier.

C'est un endroit merveilleux pour jouer quand il fait mauvais temps.
Et puis on y trouve une poupée endormie dans sa voiture, un cheval
de bois coiffé d'un chapeau de paille, un vieux piano, un fauteuil,
une auto à pédales et toutes sortes de choses amusantes.

– Venez voir, les amis, j'ai découvert ce coffre dans un coin.

– Comme il est lourd ! Tu ne sais pas l'ouvrir ?

– Je n'ai pas la clef, dit Martine. Regardons par le trou de la serrure.

Que peut-il bien y avoir dans ce coffre ? Un trésor, des jouets,

des livres d'images ?

– Voilà, j'ai trouvé la clef.

– Ouvrons le coffre, dit Jean.

Clic, clac, le couvercle se soulève… Oh ! les beaux rubans,

les chapeaux de paille, les jolis costumes !

Voici des robes, des parures, des foulards multicolores.

– J'ai une idée : Voulez-vous jouer avec moi ? dit Martine.

Nous allons faire du théâtre.

Et chacun de se mettre à l'ouvrage.

– Martine, essaie donc cette robe !... Comme tu es jolie !

On dirait une princesse avec son éventail et ses boucles d'oreilles !

Bernard prépare les décors. Jean apporte le cheval de bois,

le fauteuil...

Enfin, tout est prêt. Les décors sont en place. Le grenier ressemble

à un vrai théâtre.

Toc... toc... toc... la séance va commencer.

La scène se passe dans un vieux château.

Martine, qui joue le rôle de la princesse, fait semblant de dormir
sur son lit. Patapouf est allongé à ses pieds. La cuisinière,
le marmiton et les gardes se reposent. Pas un bruit. On entendrait
une souris grignoter dans l'armoire.

Quand les amis de Martine vont-ils se réveiller ?

On dirait qu'ils attendent quelqu'un depuis des jours et des jours…

Et savez-vous bien ce qu'ils attendent depuis si longtemps ?

Ils attendent le prince Joyeux qui revient de la guerre sur son cheval de bataille. Il porte à son côté Lame-de-bois, sa fidèle épée avec laquelle il a vaincu trois généraux.

Depuis deux jours, Longues-Jambes, son cheval, galope à travers la campagne sans manger, sans boire et sans jamais s'arrêter.

Enfin le prince Joyeux arrive au château. Il ouvre doucement la porte
de la salle et demande :

– Où est la princesse ?

Martine se relève :

– C'est moi, dit-elle en se frottant les yeux.

Et Patapouf aussitôt de sauter de joie.

La cuisinière, le marmiton, les gardes, tout le monde se réveille.

Car le prince, à l'occasion de son retour, a décidé de couronner
la princesse.

Il monte sur l'estrade accompagné de son page et de son écuyer.

On l'applaudit très fort :

– Vive le prince, vive le prince !

Dans ses bagages, il a rapporté une couronne ornée de diamants.

Il la pose sur la tête de Martine.

– Vive la princesse, vive la princesse !

Après quoi il ordonne de préparer le bal.

On attache guirlandes et drapeaux. Les lanternes vénitiennes se balancent partout. Celle-ci ressemble à un accordéon. Celle-là est toute ronde comme un ballon de football.

– Veux-tu tenir l'échelle ? demande Bernard.

– Je la tiens bien. Tu ne dois pas avoir peur.

Pendant ce temps, la princesse est allée chez la modiste avec sa demoiselle de compagnie.

– Voilà de quoi se parer pour le bal.

– Essayons les chapeaux.

– Comme ils sont drôles, tous ces chapeaux garnis de fleurs et
de plumes d'autruche. Je préfère celui-là, avec des cerises.

– Moi, je crois que celui-ci me va très bien, dit Marie-Claire.

– Pour qui la jolie moustache ?

– Pour moi, dit Jean.

– Alors, je prendrai la perruque.

– Dépêchez-vous, dit Martine. Il ne faut pas faire attendre le prince…

Et Patapouf, qu'allons-nous mettre à Patapouf ?… Ah ! j'ai trouvé.

Nous lui mettrons cette paire de lunettes et ce gros nœud de velours.

Regarde-moi bien, Patapouf… Voilà, tu es un véritable personnage.

C'est très important pour un petit chien comme toi.

Et maintenant le bal commence.

Tout le monde se donne la main pour faire la ronde.

Philippe souffle dans son flageolet :

Les mirlitons, ton ton, tontaine,

les mirlitons, ton ton,

font danser le roi et la reine,

font danser tous en rond.

Les confettis pleuvent. Martine en a plein les cheveux. Les serpentins volent à droite, à gauche. On se croirait au carnaval.

À force de tourner autour du fauteuil, Patapouf s'est entortillé dans les serpentins. En voici un qui se noue à son cou. Un autre le retient par la patte.

Comment faire pour s'en débarrasser ?

Patapouf se débat. Il tire de toutes ses forces.

Heureusement, Françoise arrive à son secours.

– En l'honneur de la princesse, je vais jouer un petit air de musique,
dit Bernard.

– Bravo, c'est une chic idée !

Bernard dépose son chapeau sur le piano. Puis il s'assied
avec précaution pour ne pas chiffonner son costume de gala.

« Do, mi, fa, sol, do. » La jolie musique ! tout le monde écoute
avec admiration.

Après la fête, il faut retourner au palais.

– Je vais atteler Longues-Jambes, dit l'écuyer. Que Sa Majesté
veuille bien prendre place dans la calèche.

Martine, Bernard, Françoise et Philippe s'installent dans la voiture.

– Attention, nous allons partir !

Les mouchoirs s'agitent. Le fouet claque, la calèche démarre…
et le rideau se ferme.

La pièce est terminée. Adieu prince, adieu princesse !

Chacun se déshabille. On enlève les décors.

– Bravo, Martine, tu as bien joué ! Tu étais une vraie princesse !

dit Marie-Claire… Est-ce que je pourrai garder mon chapeau ?

– Bien sûr, répond Martine. Mais il ne faut pas l'abîmer. Tu en auras

besoin la prochaine fois que nous vlendrons jouer dans le grenier.

martine
au cirque

GILBERT DELAHAYE - MARCEL MARLIER

C'est la nuit. Dehors, les étoiles brillent, les fleurs se reposent,
les arbres dorment. Dans la chambre de Martine, les jouets sont
rangés. La poupée s'ennuie. L'ours en peluche et le lapin bâillent.
Dans son lit, Martine fait un songe extraordinaire.
Elle rêve qu'elle travaille dans un cirque avec des clowns,
des chevaux, des éléphants et des lions.

Dans le cirque de Martine, on a invité les élèves de toutes les écoles.

Il y en a jusque tout en haut, près des musiciens.

Lorsque tout le monde est assis, on allume les lumières :

la blanche, la rouge, la bleue, et Martine s'avance au milieu

de la piste. Elle n'a pas peur du tout.

Elle salue à droite, puis à gauche et dit :

– Mes chers amis, la séance va commencer.

Tout d'abord, voici les clowns Pif et Paf.

– Bonjour, Martine. Comment s'appelle ta poupée ?

– Elle s'appelle Françoise. Elle marche toute seule. Elle rit et
elle pleure.

– Eh bien ! dit Pif, je vais lui raconter l'histoire de l'éléphant
qui a perdu ses oreilles en se baignant dans la rivière.

Lorsque Pif raconte l'histoire de l'éléphant qui a perdu ses oreilles, les musiciens du cirque n'arrivent plus à souffler dans leurs trompettes. Les singes dansent de plaisir dans la ménagerie. L'ours rit tout seul et balance la tête sans rien dire.

A-t-on jamais vu clown aussi drôle ?

Même derrière le rideau des coulisses, le dompteur, le nain et le cow-boy écoutent l'histoire de Pif. Elle est tellement amusante !

Pif a terminé son histoire. Vite, Martine va changer de costume dans les coulisses. Là, il y a des robes, des chapeaux, des rubans et Martine s'habille comme il lui plaît.

Dans les coulisses, Martine retrouve son chien Patapouf.

Patapouf aime bien le sucre, mais il préfère marcher sur deux pattes et rouler à bicyclette.

La bicyclette de Martine est toute neuve. Ses rayons brillent comme
un soleil. Martine en est très fière. Son papa, qui est équilibriste,
la lui a achetée pour son anniversaire.

Quand Martine roule autour de la piste avec son chien Patapouf,
les enfants applaudissent si fort que Patapouf n'ose même plus
tourner la tête.

Après la promenade à vélo, la partie de patins à roulettes.
Patapouf rêve de rouler sur le plancher de la piste avec les patins
de Martine. Mais il paraît qu'on n'a jamais vu cela, même au cirque.
– Ce n'est rien, se dit-il. Cette nuit, quand Martine dormira, je vais
essayer. Et, foi de Patapouf, je parie que je réussirai.

Martine sait aussi faire danser les chevaux du cirque :

le blanc et le noir. Le blanc s'appelle Pâquerette, le noir, Balthazar.

Les chevaux de Martine marchent au son du tambour comme

les soldats. Ils saluent de la tête et Martine les appelle par leur nom,

tant ils sont polis et bien éduqués.

À l'entracte, pendant qu'on prépare la piste, Martine vend
des friandises. Elle porte une casquette et un uniforme
avec des galons.

Un petit garçon lui demande :

– Martine, donne-moi du chocolat aux noisettes, du nougat et
un sucre d'orge.

– Voilà un petit garçon bien gourmand !… pense Martine
en lui donnant un bâton de nougat.

Quand tous les enfants ont goûté les bonbons de Martine et qu'ils ont été à la ménagerie admirer les tigres, les lions et les ours, on tend un fil au-dessus de la piste.

Soudain, un roulement de tambour. Puis un grand silence.

Martine se met à danser sur le fil. Avec ses chaussons blancs et son ombrelle, elle est aussi légère qu'un papillon. On dirait qu'elle va s'envoler. C'est une vraie danseuse !

Après quoi, Martine appelle Trompette, l'éléphant.

– Voilà, voilà, qu'y a-t-il ? répond l'animal sans se presser.

– Comme tu es en retard ! Nous avons juste le temps de faire
une promenade ensemble.

– C'est que, voyez-vous, mademoiselle, j'ai emmené mon bébé
avec moi. Et, vous savez, il ne tient pas bien sur ses jambes.

Le cirque de Martine a fait deux fois le tour du monde. On l'appelle le « Cirque Merveilleux ». Les grandes personnes s'imaginent que c'est un cirque tout à fait comme les autres. Cependant, on raconte qu'une fée le suit dans tous ses voyages.

Et devinez qui a donné à Martine la baguette magique avec le chapeau, le lapin, les pigeons et les foulards ?

C'est la fée du « Cirque Merveilleux ». Mais il ne faut pas le répéter à n'importe qui.

Voici que les clowns Pif et Paf ont changé de costume.

Personne ne les reconnaît. Pif porte un habit couvert de diamants.

Paf a mis son pantalon rayé, sa nouvelle cravate et ses chaussures
de trois kilomètres.

– Nous allons jouer de la musique, dit Pif.

– Pour Martine et tous nos amis, ajoute Paf.

– Bravo ! Bravo ! crient les garçons sur les bancs.

Martine aime beaucoup les lions. Sans hésiter, elle entre dans leur cage. Comme ils sont paresseux ! D'un coup de fouet elle les éveille.

– Debout, Cactus, au travail… Allons Caprice !

Mettez-vous à votre place. Ne voyez-vous pas qu'on vous regarde ? Mon petit doigt me dit que vous vous êtes encore disputés aujourd'hui. Comme punition, vous allez vous asseoir sur ce tabouret.

Maintenant la séance est terminée.

– Tout le monde s'est bien amusé ? demande Martine.

– Oui, oui, fait-on de tous côtés.

– Nous allons démonter le cirque. Nous partons dans une autre ville.

– Puisque tu nous quittes, voici un bouquet de fleurs, dit un garçon.

Et un ruban pour Patapouf.

Après la séance, Martine rejoint son ami Martin.

Quand Martine demande à Martin :

– Quoi de neuf, ce soir ?

– Hélas ! répond l'ours en dépliant son journal, je ne sais pas lire.

– Mon pauvre Martin, il faudra que je t'apprenne l'alphabet !

Martine, Martin et Patapouf vont continuer leur voyage autour
du monde avec le cirque. On se bouscule pour les voir partir.
Tous les amis de Martine applaudissent. Cela fait tant de bruit que
Martine se réveille. Elle se retrouve dans son lit, entourée de
sa poupée, de son ours et de son lapin. C'est le matin.
Adieu, le Cirque Merveilleux ! Vite, il faut se débarbouiller
pour aller à l'école…

martine
à la foire

GILBERT DELAHAYE - MARCEL MARLIER

Chaque année, dans la ville de Martine, la foire

vient s'installer sur la place du marché.

Les camions arrivent. Ils sont chargés de toutes sortes

de machines merveilleuses : des autos, des avions,

des balançoires.

C'est le plus beau jour de l'année.

Aujourd'hui dimanche, Martine, Jean et Patapouf sont à la foire.

Il faut voir comme ils s'amusent !

Le manège tourne. Les chevaux de bois montent et descendent.

Ils ont une crinière blanche, des harnais tout neufs et des étriers.

Les cochons sont fiers de leur queue en tire-bouchon.

Ils courent tant qu'ils peuvent pour attraper les canards.

On croirait qu'ils ne vont jamais s'arrêter.

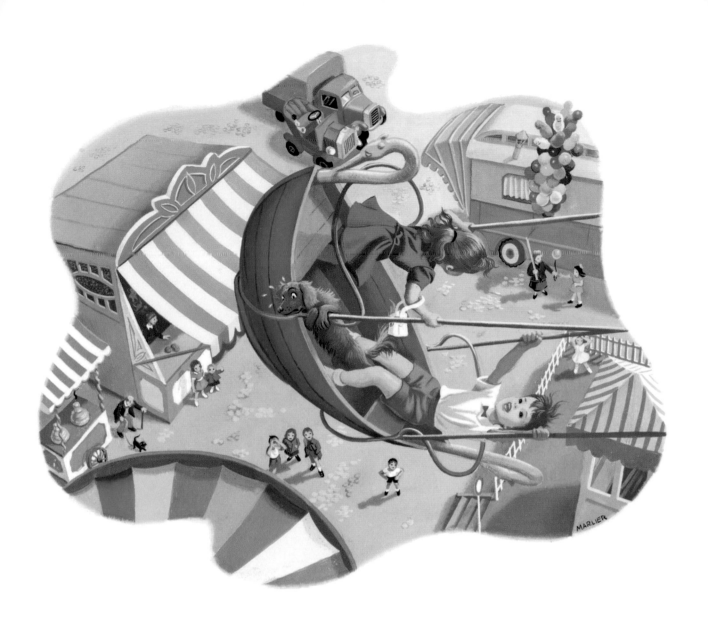

Avez-vous déjà été sur les balançoires ?

Sur les balançoires, Martine se sent aussi légère qu'un papillon.

Elle prend son élan. Les gens la regardent monter très haut.

Patapouf ouvre de grands yeux. Il pense qu'il va s'envoler
par-dessus les roulottes.

Pauvre Patapouf !

Voici le palais du rire.

Jamais on n'a vu ce que l'on va voir. Ici les enfants ne paient pas.

Les soldats non plus.

Tout le monde rit :

– Ce petit chien qui se regarde dans le miroir, il est vraiment drôle !

– Il est gros comme un ballon.

– On dirait qu'il va éclater.

Ce sont les miroirs amusants.

Pour faire plaisir à Martine, Monsieur Roberto fait travailler Mimosa,
Frisette et Courte-paille, ses souris blanches. C'est un spectacle
unique au monde :
– Voyez, Mademoiselle, comme elles sont dociles. Approchez,
n'ayez pas peur. Je les mets dans mon chapeau. Prenez garde
à votre chien, s'il vous plaît, il pourrait me les croquer.

Après la séance, Martine, Jean et Patapouf vont se promener dans
les allées de la foire.

– Hum, cela sent bon par ici.

– Ce sont les beignets aux pommes et les amandes grillées
de Monsieur Montélimar.

– Voulez-vous du nougat ? demande Monsieur Montélimar.
Il est délicieux. Je viens d'en casser une demi-livre.

– Donnez-moi des beignets et de la barbe à papa enroulée autour
d'un bâton, répond Martine.

Un peu plus loin :

– Connaissez-vous le jeu de massacre, Mademoiselle Martine ?

– Non, Madame, je ne le connais pas.

– Je vais vous l'expliquer. Voilà six balles de sciure, une pour la tête de clown, l'autre pour celle de pierrot qui est prête à tomber, ot le reste pour celles que vous voulez.

– Désirez-vous tirer au fusil, mon ami ?

– Je veux bien, Monsieur, répond Jean.

– Voici ma carabine, dit le cow-boy. Ici vous pouvez abattre les oiseaux de verre, la pipe en terre cuite, la balle qui danse au sommet du jet d'eau. Vous visez… une, deux… et trois, vous avez gagné. C'est très bien, bravo !

Quoi de plus amusant que de conduire une auto ? Martine et Jean
ont choisi la rouge. Martine appuie sur la pédale. Elle tourne
le volant. Les voilà partis.

– Prends garde aux accidents !

– Combien faisons-nous de kilomètres ?

– Dix kilomètres. C'est indiqué sur le compteur.
Nous avons cinq litres d'essence.

Martine et Patapouf n'ont jamais été en avion.

C'est trop dangereux. Mais celui-ci est tout à fait à leur taille et

il n'y a rien à craindre.

S'il avait été un petit garçon, Patapouf serait devenu aviateur.

Il aurait traversé l'océan. Il aurait volé parmi les étoiles.

Qui sait où se cachent les étoiles, le jour quand on ne les voit plus ?

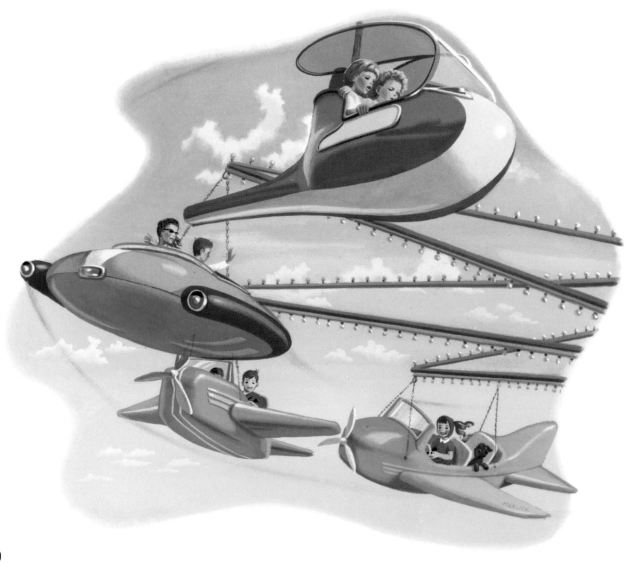

– Martine, voulez-vous m'acheter un billet de loterie ?

Voici le numéro huit.

Attention, la roue s'est mise à tourner.

Et savez-vous ce que Martine a gagné ? Un éléphant

avec de grandes oreilles. Martine a de la chance, aujourd'hui.

Pourtant voici ce qui vient de lui arriver à la ménagerie :

– Tiens, prends cette banane, a-t-elle dit en s'approchant du singe.

Et, d'un coup de patte, celui-ci a emporté le chapeau de Martine.

Voilà qu'il le met sur sa tête. Il est amusant, ce petit singe !

On dit qu'il a été dressé par un clown. Il n'est pas méchant du tout.

À la foire il y a un nouveau manège. On y voit un autobus, un tank, des vélos.

Mais le scooter est magnifique.

C'est Martine qui conduit. Jean est assis derrière elle, et Patapouf…

Mais où donc est Patapouf ? N'est-il pas monté sur un autre scooter ?

– Maintenant, allons écouter le concert près du kiosque municipal.
Martine aime beaucoup la musique. À l'école, elle apprend le piano
et le chant. Jean préfère le tambour ou le clairon.
Déjà les musiciens sont installés.
Ils jouent du saxophone, du cor, de la trompette
et de la grosse caisse.

– Qui veut des ballons ?

– Moi, dit Martine.

– Combien en désirez-vous ?

– Un rouge, un bleu et un vert.

– Voilà, Mademoiselle, de jolis ballons. Mais faites bien attention,

ils pourraient s'envoler !

Il est temps de rentrer à la maison.

La journée a été si courte !

Avant de quitter la foire, Martine, Jean et Patapouf vont se faire photographier.

– Mesdames et Messieurs, ne bougeons plus, dit le photographe.

Patapouf, tenez-vous comme un chien distingué.

Vite un petit sourire…

Voilà qui est fait.

Cette photo sera un précieux souvenir.

Martine, Jean et Patapouf sont très contents.

Ils se sont bien amusés à la foire. Mieux que l'année passée.

L'année passée, Jean avait été puni. Martine avait mal aux dents et Patapouf avait dû rester à la maison pour leur tenir compagnie.

Cette fois, ce fut une belle journée. Et demain ils auront beaucoup de choses à raconter à leurs amis.

martine
se déguise

GILBERT DELAHAYE - MARCEL MARLIER

Ce matin au courrier,
il y a une lettre
     pour Martine. Elle est
     invitée à un bal costumé
     qui aura lieu dans
deux semaines.
  – Comme je suis contente !
pense Martine en lisant
la nouvelle.

La joie l'envahit.
Elle se sent des
picotements plein
les bras et les jambes.
En même temps, elle a envie
de rire, de chanter,
de danser.

Il n'y a qu'un seul problème : comment va-t-elle se déguiser.
Alors elle réfléchit. A-t-elle envie de devenir fée, bergère, princesse,
marquise, chat, clown, Indien, sucette géante ou pièce montée ?
Le choix est bien difficile et elle hésite :
– Que feriez-vous à ma place ? demande-t-elle à Moustache
et Patapouf.
Ceux-ci n'ont pas d'idée sur la question. Ils secouent la tête.

– Si nous prenions conseil auprès de mademoiselle Hortense,
propose maman qui a tout entendu.
Mademoiselle Hortense est couturière.
Mais ce n'est pas une couturière
comme les autres : elle n'habille
que les comédiens et les acteurs,
ces gens qui jouent au théâtre
ou au cinéma.
Chez elle s'entassent
robes, habits et
chapeaux
en tout genre.

Martine saute de plaisir à la perspective
de fouiller dans ce trésor :
– S'il te plaît, maman, allons-y maintenant !
dit-elle.
Mademoiselle Hortense habite une vieille
maison aussi étrange que ses chapeaux.
Une maison à colombage avec des géraniums
aux fenêtres et une porte mauve.
C'est joli une porte mauve.
Dans l'escalier en colimaçon, une ribambelle
de nuages courent sur le papier bleu de la tapisserie.
Une odeur de vanille flotte dans l'air.

Maman explique le but de leur visite.

– J'ai ce qu'il vous faut, répond mademoiselle Hortense. L'année dernière, on m'a commandé des costumes pour une pièce d'enfants mais personne n'est venu les chercher. Depuis, je les loue…
Viens les voir, mignonne.

Elle entraîne Martine dans la pièce voisine :

– Voilà… Veux-tu te transformer en luciole ou en ver luisant ?
Préfères-tu être une pâquerette, une coccinelle, un papillon,
une jonquille… ? J'ai tout ce qu'il te faut.

– Oh ! s'exclame maman. Je l'imagine bien en jonquille.
Il y a un chapeau en pétales de satin jaune avec une jupe de feuilles vertes et un collant vert. Mais Martine, ravie, a aperçu la longue jupe d'une tulipe rose.

– Comme elle est belle ! murmure-t-elle.

Quelques perles transparentes
remplacent les gouttes de rosée.
La petite fille tend la main
pour les caresser.
Mademoiselle Hortense sourit :
– Je vous prête les deux costumes.
Vous choisirez tranquillement
chez vous, dit-elle.
Elle est trop gentille.
Martine l'embrasse.
– Prenez donc une tasse
de chocolat avant de repartir,
propose encore
mademoiselle Hortense.

Les voilà installées autour d'une table ronde
couverte d'une nappe brodée. Un vieux monsieur
venu essayer un costume de marquis arrive avec
un gâteau et s'invite.

C'est un voisin, un comédien.

Le temps passe vite en sa compagnie,
mais soudain maman se lève :

– Nous devons rentrer, maintenant, dit-elle.
Merci pour ce bon moment.

Mademoiselle Hortense enveloppe les costumes. Martine porte fièrement le paquet dans la rue et, en arrivant à la maison, maman l'autorise à faire ses essayages devant le miroir de sa chambre.
– Je prépare le dîner et je reviens te voir, dit-elle.
Martine reste seule avec Moustache et Patapouf.

– Préférez-vous la jonquille ou la tulipe ?
leur demande-t-elle.

Ils ne savent pas, ils aiment les deux.

D'ailleurs, ils ont toujours pensé que leur petite
maîtresse ressemblait à une fleur.

Martine soupire, hésite, tergiverse… La jonquille
est très jolie mais sa jupe courte a décidément
une drôle de forme :

– J'ai l'air d'avoir des pattes de mouche avec
ce collant vert… et même, je ressemble à une
grenouille… La longue robe de la tulipe est plus belle.

Martine caresse doucement
le satin, tourne, retourne et virevolte
à travers la chambre.
Soudain elle s'affole en voyant
une déchirure au-dessus de l'ourlet.
Est-ce un cauchemar ? Non, il y a
un accroc de cinq centimètres
au moins dans le bas de la jupe.

78

– Ce n'est pas moi ! dit Patapouf.

– Ni moi… ajoute Moustache.

La petite fille ne les écoute pas. Son visage s'empourpre. Comment
s'est-elle débrouillée pour abîmer le costume ? Sans faire exprès,
elle a dû l'accrocher au talon de sa chaussure… Les larmes
lui montent aux yeux. D'habitude elle n'est pas si maladroite.
Et maintenant, comment avouer sa bêtise ? Maman sera mécontente
et mademoiselle Hortense croira qu'elle ne prend pas soin des affaires
des autres. Quelle histoire ! Il faut réparer les dégâts très vite.
Martine court chercher sa boîte à couture. Puis elle enlève la jupe,
la met sur l'envers, s'applique à coudre de tout petits points pour
fermer la déchirure. Heureusement, elle a du fil rose de la même
teinte que le tissu, mais Moustache
la gêne en essayant
de la consoler.

Ce n'est vraiment pas facile.

L'aiguille glisse dans le satin…

elle se pique !

– Zut et zut !…

Elle s'énerve, sort un petit bout
de langue…

Enfin, elle a terminé.

– Tu as choisi ? questionne maman

en passant la tête dans l'ouverture de la porte.

– Non, répond Martine en cachant sa boîte à couture.

– Tu veux que je t'aide à te décider ?

– Pas la peine, ces costumes ne me plaisent plus. Je préfère les rapporter.

– Mais que mettras-tu le jour de la fête ? s'étonne maman.

– Je n'irai pas à la fête.

Maman est de plus en plus surprise. Elle fronce les sourcils mais
ne questionne pas davantage. Puis, elle retourne surveiller son gâteau
à la cuisine.

– Je cours chez mademoiselle Hortense et je reviens !
crie Martine en sortant.
– Reste bien sur le trottoir, répond maman.
Martine promet. Elle a une grosse boule dans la gorge.
Dans la rue, elle marche lentement, tourne à gauche au premier
carrefour, fait attention en traversant.

Voilà déjà la porte mauve,
l'escalier, les nuages
sur le papier bleu,
l'odeur de vanille.
Mademoiselle Hortense
est là-haut, occupée
à sa machine à coudre.
Martine voudrait
lui expliquer la vérité,
s'excuser.
Mais elle a trop envie
de pleurer pour parler.
Alors, elle pose le paquet
sur la table et se sauve
sans un mot.

Dehors, elle hésite. Elle n'a plus envie de rentrer à la maison. Elle voudrait marcher longtemps et ne plus jamais entendre parler de la fête costumée.

– Martine ! On te ramène chez toi ?
C'est Nicole en voiture avec son
papa. Martine n'ose pas refuser.
Elle monte à côté de son amie.

– Tu as une drôle de tête, tu es malade ?

– Non, non…

La voiture s'arrête
devant la maison.
Maman est dans le jardin.
Impossible de repartir et
de s'en aller très loin.
– Mademoiselle Hortense
a téléphoné.
Ça y est ! le drame.
Martine n'ose plus bouger.

Martine est étonnée de voir maman

lui sourire. Elle n'en croit pas ses oreilles quand elle entend la suite :

– Tu lui as fait une gentille surprise, elle est très touchée de ton geste.

Peut-être qu'elle n'a pas encore ouvert le paquet ? Peut-être qu'elle

parle seulement du retour des costumes ?

– J'aurais bien voulu voir cette réparation, ajoute maman ;

il paraît qu'elle est formidable.

– Heu…

– En tout cas, tu as réparé la négligence d'une petite fille qui avait abîmé la robe de tulipe.

Martine ouvre de grands yeux :

– C'était qui ? demande-t-elle.

– Je n'en sais rien. Tu n'as pas écouté mademoiselle Hortense raconter l'histoire pendant que nous buvions le chocolat ?

– Non…

Elle n'a pas entendu.

Sans doute, à ce moment-là, écoutait-elle le vieux monsieur.

– Mademoiselle Hortense n'a pas eu le temps d'arranger l'accroc. Elle avait promis de le faire si tu choisissais ce costume.

De soulagement, Martine éclate de rire. Maintenant elle comprend tout. Elle est trop contente de savoir que ce n'est pas elle qui a déchiré la robe.

– Je vais t'expliquer la vérité, déclare-t-elle ensuite à maman.
Celle-ci réalise mieux la situation après l'avoir écoutée :
– Si c'est comme ça, je rappelle mademoiselle Hortense
et je lui annonce que nous avons changé d'idée,
décide-t-elle. Dis-moi seulement en quoi tu préfères
être habillée pour la fête.
– En tulipe, sourit Martine.
– D'accord…

Maman court téléphoner.

Martine reste au jardin avec Moustache et Patapouf.

– J'ai le temps de vous coudre des petits manteaux
de satin rose. Je pourrai peut-être même
vous fabriquer des bonnets assortis et
vous viendrez avec moi.

Ses deux amis échangent un coup d'œil
inquiet. Parle-t-elle sérieusement ?
Plaisante-t-elle ? Ils espèrent bien
que oui…

87

martine
fête maman

GILBERT DELAHAYE - MARCEL MARLIER

Bientôt ce sera la fête des mères.
À cette occasion, Martine et Jean
aimeraient faire une surprise
à maman.
Une surprise pour de vrai.
– Je crois qu'une jolie montre
lui ferait plaisir.

– Tu n'y penses pas ! Avec quoi la paierons-nous ?

– Voyons ce qu'il y a dans la tirelire ?... Elle n'est pas bien lourde !

– Nous n'aurons jamais assez d'argent.

Ça coûte cher, une montre.

Mieux vaudrait offrir un disque. Voilà le cadeau idéal !

Allons chez le disquaire.

– Voulez-vous écouter ceci ? demande la vendeuse.

C'est très beau. Ce sont des chansons.

– D'accord, répond Martine.

– Moi, dit Jean, je préfère le jazz et le rock !

La musique, c'est compliqué. On ne sait pas ce que maman

aime au juste. Cherchons autre chose…

Une bague ou un collier feraient sûrement plaisir à maman,
songe Martine…

Ce serait chic !… Elle pourrait les porter les jours de fête.

Un parapluie serait bien utile, non ?

Mais voilà, on n'est pas assez riches. Alors ?

– Ce qui compte, c'est l'intention a dit papa.

Donnez-vous donc un peu de peine.

Je suis certain que vous trouverez

chez grand-mère tout ce qu'il faut

pour fabriquer vous-mêmes

un cadeau.

Et voilà tout le monde parti chez grand-mère !

– Regarde ce que j'ai découvert dans ce tiroir, dit Françoise,
la cousine de Martine : un canevas, des pelotes de laine de toutes
les couleurs…

– Pour quoi faire ? demande Martine.

– Je commence une tapisserie… Ce sera long, mais j'y arriverai pour
la fête des mères… Et toi, Martine, que vas-tu offrir à ta maman ?

– J'ai une idée… si on dessinait un batik ?

– Un batik, qu'est-ce que c'est ? demande Jean.

– C'est une sorte de tissu décoré… Pour cela, il faut un carré de toile, de la cire, de la teinture.

– De la cire ?… On n'en a pas !

– Mais si, voilà des bougies. Nous les ferons fondre.

– Et la toile ?… Et la couleur ?

Vous savez, dans le grenier de grand-père, on finit toujours par trouver ce dont on a besoin… à condition, bien entendu, que grand-mère soit d'accord !

Mais oui, grand-mère veut bien :

– Mes enfants, voilà un joli canevas que j'ai conservé du temps où je faisais de la dentelle. Prenez-le. Vous n'aurez qu'à suivre le dessin… Elle a même donné un petit entonnoir pour y verser la cire fondue. C'est pratique, n'est-ce pas ?

Et maintenant, au travail… Tendons la toile sur un cadre de bois avec des punaises. Il ne faut pas qu'elle bouge.

– Que vont-ils faire ? demande Patapouf.

– Tu le vois bien ! répond Moustache. Ils dessinent avec de la cire.

– Qu'est-ce qu'ils dessinent ?

– Je ne sais pas : un dragon ? des poissons exotiques ?

– Et après ?

– Après, ils vont tremper la toile dans la teinture. C'est pour colorier le dessin aux endroits où il n'y a pas de cire.

– Pourquoi recommencent-ils plusieurs fois ?

– Il faut la tremper une fois par couleur.

La teinture, ça tâche, attention ! On en trouve chez le droguiste, mais grand-mère a gardé quelques échantillons de couleurs dans une boîte en fer.

– Tu crois que le dessin sera réussi ?

– Nous allons voir...

Il ne reste plus qu'à dissoudre dans l'eau chaude,

la cire appliquée sur la toile. Le travail est terminé. On retire le batik

du chaudron, avec précaution…

Le résultat ? Le voilà.

– Ce dessin ne me plaît pas, souffle Moustache. On dirait un oiseau

   en fleurs.

     – Tant pis pour toi ! Moi, je trouve ça très bien.

Grand-père a suivi l'opération avec attention et donné
quelques conseils.

Avec les enfants, il est tout heureux de la réussite :

– Bravo ! Bravo ! dit-il. Mais il faudra retoucher un peu votre dessin,
là… et pensez donc à repasser la toile. Quel beau cadeau ce sera
pour la fête des mères !

Il réfléchit :

– Prenez aussi ce vieux coucou. Il était dans le grenier…
Tu sais, Martine, nous l'avions dans notre salle à manger
quand ta maman était encore une petite fille. Tu lui donneras.

– Un coucou, à quoi ça sert ? demande Patapouf.

– À sonner les heures.
La petite maison qui abrite
le coucou est une pendule.

– Est-ce qu'on peut l'écouter,
grand-père ?

– Nous allons l'essayer…

Il faut mettre une goutte d'huile dans
les engrenages et resserrer cette vis.

– Coucou… coucou… coucou…

– Ça marche, les enfants,
  ça marche !

– Comment allez-vous emporter le coucou à la maison sans que maman ne s'en aperçoive ? demande grand-mère. Si vous la mettez au courant, cela ne sera plus une surprise.

– Pardi, cachez-le dans ce chaudron, dit grand-père.

– Un chaudron !… Quelle idée !

– Mais si, mais si. Vous verrez, ça ira très bien.

– Et puis, il est tout sale, ce chaudron !

– Eh bien, nettoyez-le ! C'est du cuivre. Ça brille.

Justement la maman de Martine est partie en ville.

– Profitez-en pour rentrer chez vous, dit grand-père.

On se met en route…

– Et merci pour le coucou !

En chemin, on rencontre le fils du fermier :

– Là-dedans, qu'est-ce que c'est ?

– On ne peut pas le dire… C'est une surprise pour quelqu'un,
répond Patapouf.

Martine et Jean arrivent à la maison… Mieux vaut cacher le coucou
dans la remise et fermer la porte à clef.

Le secret sera bien gardé…Qui pourrait entrer là-dedans ? Personne,
bien sûr. Mais avec le chat Moustache, on doit s'attendre au pire.

Il a tout vu (c'est un petit curieux). La nuit venue, il se glisse dans la
remise par la lucarne.

– Ce coucou ne m'échappera pas, dit Moustache.

Et il se met à l'affût.

– Coucou, es-tu là ?… Réponds-moi !

Le coucou fait la sourde oreille. La nuit est longue. Le chat, s'il le
faut, attendra jusqu'à demain.

… Enfin, le matin arrive.

– Coucou !... Coucou !... Le jour se lève, chante soudain l'oiseau, sortant de son trou. Moustache veut se jeter sur lui.

Décidément, ce coucou-là n'est pas un coucou comme les autres !

Qu'est-ce que c'est ?

Un oiseau mécanique ? Une boîte à surprise ?...

Couic, un ressort se referme et le chat se fait pincer la patte.

– Au secours !... Au secours !...

Il s'enfuit à toute allure.

– Eh bien, Moustache ! Que se passe-t-il ? demande maman.

– C'est à cause du coucou dans la remise.

– Un coucou dans la remise ?... Qu'est-ce que c'est
que cette histoire ?

Maman essaie d'ouvrir la porte :

– Tiens, qui a fermé cette porte à clef ? C'est bizarre ça...
Martine !... Jean !...

On accourt... Pourvu que maman...

– On a enfermé les outils du jardin et on a perdu la clef,
dit Martine en rougissant.

(Est-ce bien la vérité ? Non. Mais ce n'est pas tout à fait
un mensonge puisqu'il s'agit de préparer une surprise à maman.)

Bien entendu, maman n'est pas dupe...

Elle a deviné qu'il se trame quelque chose.

Papa essaie de détourner son attention. Une longue semaine passe…

Enfin, voici le jour attendu avec impatience.

C'est le moment d'acheter deux bouquets sur la place du marché

(un pour maman… un pour grand-mère).

La famille est réunie pour fêter maman :

– Ce batik, nous l'avons fait exprès pour toi, explique Martine…

tout émue.

– Un batik ? Quelle jolie surprise !

– Tu sais, grand-mère nous a vraiment aidés.

Grand-père aussi… ça n'a pas été facile.

Et voici le coucou de bon-papa.

– Le coucou de bon-papa ?

– Oui, dans ce joli paquet… Tu verras…

– Chère maman, je t'embrasse très fort, dit Jean.

Nous te souhaitons beaucoup de bonheur. Tu es une chic maman.

Nous t'offrons ces fleurs que tu aimes tant.

– Merci, mes enfants. Cela me plaît beaucoup, beaucoup, puisque vous y avez mis tout votre cœur... Et ce coucou, c'est merveilleux ! Il sonnait l'heure quand j'habitais chez grand-père. Quel plaisir vous me faites !

– Coucou, coucou, c'est midi.

– Il chante encore !... Est-ce possible ?

Tout le monde est content. Les fleurs s'épanouissent. Le coucou chante. À la maison, c'est la fête.

http/www.casterman.com
D'après les personnages créés par Gilbert Delahaye et Marcel Marlier / Léaucourt Création.
Achevé d'imprimer en janvier 2010, en Malaisie.
Dépôt légal : Juin 2009 ; D.2009/0053/318.

Déposé au ministère de la Justice, Paris
(Loi n° 49.956 du 16 juillet 1949 sur les publications destinées à la jeunesse).